MW00768180

El
ABC
del Huerto
douglas candelario

El ABC del Huerto
douglas candelario nazario

Diseño Gráfico
Adanelis Ramos

Ilustraciones
douglas candelario nazario

Fotografía
David Román
Carlos Pérez

Agradecimiento
Agrónomo Carlos Gautier

Primera Edición
Junio 2013
Isla de Puerto Rico

Introducción

No es noticia que la comida está escaseando en todo el planeta. Cada vez hay más gente comiendo y menos gente sembrando.

Los desarrollos urbanos, las carreteras y los mega centros comerciales están acabando con los terrenos ideales para sembrar. También los incendios forestales, la tala de grandes extensiones de árboles y el calentamiento global han hecho estragos en todos los bosques del mundo.

Acá en Puerto Rico, no estamos a salvo, también hemos sido irresponsables con nuestros recursos naturales. Nadie quiere sembrar la tierra y eso es muy, muy peligroso. Algún día se acabará la comida.

Aunque nosotros los adultos somos cómplices de toda esta situación, todavía estamos a tiempo para hacer algo.

En el ABC del Huerto voy a enseñarle a todos los nietos de nuestra isla muchas cosas maravillosas sobre la agricultura.

Esos nietos, esos hijos míos y tuyos son el presente... el presente. Enséñales a sembrar para que vean con sus propios ojos y siembren con sus propias manos, lo que van a comerse con su propia boca.

Aquí les presento al abuelo Coky:

Un abuelo medio loquito, y ahora está más loco que nunca, pero de contento. Al fin sus nietos se han dado cuenta que hay que sembrar para poder comer. Los nietos han hecho un compromiso con su abuelo para que los enseñe a cultivar la tierra y el abuelo ha decidido hacerlo siguiendo como guía las letras del abecedario. Por fin nuestros niños tienen una guía facil de entender y bien ilustrada para adentrarse en el maravilloso mundo de la agricultura.

"¡A sembrar! ¡Vamos a sembrar!... Que ya estoy un poco cansado y los años no pasan en vano. Los llevaremos de la mano hasta donde podamos para que aprendan y luego vayan donde otros niños y les enseñen lo que este abuelo tan amorosamente les enseñó... " Así se la pasa diciendo el abuelo Coky todo el tiempo.

Tanto el abuelo Coky como este servidor suyo estamos seguros que el ABC del Huerto será de gran ayuda y motivación, porque a esa temprana edad es cuando realmente debemos darnos cuenta que el primer amor de un hombre debe ser la tierra.

douglas candelario nazario

Palabras que tal vez sean nuevas para tí:

Agricultura
Todo lo relacionado al cultivo de la tierra incluyendo plantas y animales.

Banco de Propagación
Así se conoce la mesa llena de tierra donde germinamos y empezamos a crecer las semillas. Puede ser levantado como el caso de la mesa, o sobre terreno. Éste último no es otra cosa que la tierra tirada en el suelo del umbráculo, pero cabe señalar que se tira organizadamente en hileras con caminos por el medio para que podamos trabajar.

Centro o Casa Agrícola
Es una tienda especializada en la venta de productos para la agricultura; herramientas, semillas, tierra, plaguicidas, botas, abonos y todo lo que necesitas para tener éxito en tus cultivos.

Fotosíntesis
Esta palabra les debe sonar familiar... es el proceso mediante el cual las plantas verdes cogen la luz del sol para convertirla en energía. Si no hubiera fotosíntesis no podría existir la humanidad.

Fumagina
Es el tizne negro que se le pega a las hojas y es la unión de un hongo y un insecto y se combate con un insecticida sistémico (insecticida que no tiene que tocar la plaga para que funcione).

Ganadería
Parte de la agricultura que se dedica a la producción de animales de corral o de pastoreo. Un ejemplo de ello son las vacas. Varias vacas juntas para producir leche o carne se le conoce como ganado vacuno.

Herbicidas
(También se conocen como yerbicidas).
Su palabra lo dice; un producto químico para acabar con las yerbas indeseables o las malezas que se encuentran en el huerto o la finca.

Hidropónico
Cultivo de plantas sin tierra, usando solo el agua como medio de cultivo.

Horticultura
Es el cultivo de las plantas. Pueden ser plantas que producen frutos u ornamentales.

Nutrientes
Son sustancias que se encuentran en el suelo y en los abonos, y las plantas se alimentan de ellas.

Ordeñar
Es el proceso de sacarle la leche a la vaca. La vaca almacena la leche en la ubre, pregúntale a abuelo o a papá qué es la ubre (el sabe) y cómo se ordeña.

Plaguicidas
Los plaguicidas son productos químicos, también orgánicos que utilizamos para el control de plagas y enfermedades en las plantas. Los plaguicidas son para las plantas como las medicinas para los seres humanos. Hay insecticidas para matar insectos dañinos y fungicidas para acabar con los hongos que le hacen daño a las plantas.

Plántulas
Se le llama así a las plantitas recien germinadas. Por lo general estas plantas están creciendo en bandejas o pequeños tiestitos y son las que eventualmente pasaremos a tiestos más grandes o al terreno.

Polinización
Proceso de llevar el polen desde la flor masculina hasta la flor femenina para hacer posible que las plantas den frutos.

Raíz
La raíz o sistema radical (todas las raíces juntas) es de vital importancia para todas las plantas del mundo porque

ellas son las responsables de absorber el alimento del suelo (disueltos en agua) y llevarlo a través de los tallos, troncos y ramas hasta las hojas y de ahí a los frutos.

Riego

La aplicación de agua al terreno para mantener hidratadas las plantas. El riego es importante porque como les dije, los abonos llegan a las hojas disueltos en agua y si no riegas la planta se deshidrata (o se seca) y eventualmente muere. Más del 95% de la masa que compone la planta y los frutos es agua, por eso es importante regar periódicamente. ¡Ojo! Es bueno regar, pero es malo regar demasiado, así que debemos ser cuidadosos y no echar agua de más, porque las plantas se pudren y se mueren. Si ves que a la plantita se le ponen las hojas de abajo amarillas, posiblemente estás echando agua en exceso, y si notas que a la planta se le secan las puntas de las hojas de arriba, es que no has regado lo suficiente.

Sarán

Es una tela de plástico permeable (que deja pasar el agua), que se usa para forrar los umbráculos o viveros para proteger las pequeñas plantas que acaban de nacer de los fuertes rayos del sol.

Superficial

Lo que queremos decir con esto, cuando nos referimos a la siembra de las semillas es que va por encimita, como decimos en el campo. Cerca de la superficie, que es la parte de arriba del terreno. Hay dos formas de verlo; si entierras mucho la semilla, está profunda. Si la siembras en la parte de arriba del terreno, está superficial.

Tallo

Así se le llama al tronco o rama de una planta en su etapa juvenil. A través del tallo, la planta lleva desde el suelo hasta las hojas el agua y los nutrientes. Es ésta la forma en que se alimentan las plantas.

¡Ahora a conocer a los protagonistas de esta historia!

ABUELO COKY

Desde muy niño, al Abuelo Coky le ha gustado trabajar en la tierra. Nadie trabaja más fuerte, ni con tanto amor como el abuelo. Él ha sembrado plátanos, chinas, calabazas, tomates, guineos, panas... y de todo lo que podamos imaginar.

Es un hombre sabio. Conoce la historia de Puerto Rico, desde los indios Taínos hasta nuestros días... y ni hablar cuando de contar historias se trata.

Conoce toda la vida del Pirata Cofresí, de los indios Taínos de Utuado, de las Cavernas de Camuy, el Río Guajataca... el imponente Yunque y los famosos Tres Picachos de Jayuya... y por supuesto todo sobre la historia de Lares.

SANDRA

Tiene 11 años de edad. Está en el sexto grado. Le gustan los deportes, la música e ir al cine. Cuando sea grande le gustaría ser maestra de ciencias.

KEVIN

Tiene 8 años, está en tercer grado. Le encantan las matemáticas. Cuando sea grande le gustaría ser ingeniero.

XAVIER

Tiene 12 años. Cursa el séptimo grado. Le fascinan los autos y los deportes. Quisiera ser mecánico y maestro de educación física.

PECAS

También tiene 12 años. Estudia junto a Xavier. Le gustan las aventuras. Quiere ser astronauta.

IAN

Es el bebé (aunque no le gusta que le digan así), tiene 3 años y lo que hace es dormir... y reirse de todo.

ABUELA

Es la mejor cocinera, la mejor abuela, la más bonita... toda la vida ha vivido en Lares, del mismo modo que el abuelo. A los dos les gusta el campo, los animales y las flores.

Esta era una vez... y dos son tres, que vivía un querido abuelo en el pueblo de Lares, cuyos nietos solo anhelaban que llegara el verano para ir a visitarlo.

¡Y aquí está la historia!

¡Por fin se acabaron las clases!

¡BRAVO! ¡SE ACABARON LAS CLASES!

Todos esperábamos con ansias que llegara el verano. Ese era el tiempo de irnos al campo de vacaciones... y encontrarnos nuevamente con el abuelo Coky.

Ya estábamos locos por escuchar
las historias de los trenes, de la pesca
en el río, los cuentos de Juan Bobo, de
los indios y de los piratas.

¡Qué tronco de abuelo!

¡Sabía de todo! Pero lo más que le gustaba era su finca, sus animales, su huerto, su tractor y su caballo Paco... al que también parecía gustarle que el abuelo lo montara.

El abuelo vivía en Lares,
uno de los pueblos
más conocidos de Puerto Rico.
Famoso por su historia y por su
agricultura. Quedaba un poco lejos
de San Juan, pero en automóvil
era un viaje muy corto.

Mañana será el día. Temprano en la
mañana saldremos para Lares; no puedo
esperar para ver al abuelo. Como estarán
las vacas, las gallinas y los cerditos... las
matas de plátanos y guineos... las chinas
que tanto me gustan. ¡Como me gusta
el verano! Estas dos semanas serán
maravillosas.

(Pensaba Pecas en voz alta)... También
Xavier pensaba de la misma manera... y
Sandra, Kevin y hasta el pequeño Ian.

Amaneció... Sandra, Ian y Kevin no podían ocultar su ansiedad... Camino a Lares no se callaban. Hablaban de la finca, del caballo Paco, de la vaca y de los conejos... del tractor, del río... pero sobre todo de su adorado abuelo.

Bajando la carretera que va de Arecibo a Lares, divisaron en una hondonada los techos de las casas del pueblo. Doblaron a la izquierda y un poco más arriba llegaron al cruce Miján... la panadería, la estación de gasolina, el colmado y al fin...

No se imaginan la algarabía que se formó.
Todos querían ser el primero en abrazarlo y comenzaron las preguntas; todas a la vez. Abuelo, cuéntanos de los trenes, del río y los indios. ¿Cómo está el caballo Paco? ¿Los mangoes, ya están? ¿Hay muchos guineos y chinas? ¿Ha llovido mucho? ¿El viejo tractor, funciona? No veo la vaca... ¿Dónde están las gallinas?

El abuelo solo reía...
hoy era su día más feliz de todo el año.
Y tenía algo muy serio que hablar
con sus nietos.

Luego de saludos, besos y abrazos, saludaron a
la abuela y fueron todos a caminar por la finca con
el abuelo. Tumbaron unas chinas y fueron a comérselas
bajo un hermoso flamboyán desde donde se podía ver
casi hasta el vecino pueblo de San Sebastián.

Que mucho se habla de las fincas. Y que muchos niños puertorriqueños jamás han visto una. Que afortunados son los niños del campo, que han podido crecer a la par con la naturaleza, que se han bañado en sus ríos y quebradas, que han comido frutas frescas, y que todavía pueden disfrutar de la más hermosa noche bajo un cielo lleno de estrellas.

¡Quién tuviera una finca!

Bueno abuelo... ¿Qué pasó con la historia de Juan Bobo que nos ibas a contar? Dijo Kevin. ¡No! la de la casa encantada... no, mejor la de los Taínos... Anda abuelo, no vamos a interrumpirte... vamos si... ¡Dale abu!

El abuelo les prometió hacerle todos los cuentos y contarles cuantas historias quisieran pero había algo que tenía que contarles... algo muy serio.

Mis queridos nietos, hay algo que me preocupa y he estado pensando en eso desde que se fueron a San Juan hace unos meses. Tiene que ver con la finca y todo lo que hay en ella.

Sandra _____ ¿Qué pasará con ella abuelo? ¿No la vas a vender, verdad?

Abuelo ______No... eso sería lo último que haría. Lo que pasa es que no veo a nadie que la siga sembrando y trabajando cuando ya no me queden fuerzas.

Kevin ______Pero abuelo, tú eres el abuelo más fuerte del

mundo... Tú nunca te cansas.

Abuelo _____Antes no, pero cada vez es más fuerte el trabajo de la finca. Yo no sé cuanto más podré sembrar guineos, chinas y calabazas.

Kevin _____No te preocupes por eso abu... yo sé donde hay muchas chinas, calabazas, batatas, piñas, guineos... ¡de todo! Todo, todo lo que hay en la finca y no tienes que pasar trabajo... papi va allí al supermercado y ni pasa trabajo, no se ensucia y trae de todo, claro, tiene que pagarlas... pero nunca se acaban.

Abuelo _____Eso precisamente es lo que me preocupa, la mayoría de los niños piensan como ustedes, que la comida crece en los supermercados y que nunca se acabará... pero desafortunadamente eso no es así. Me preocupa que cuando yo no esté por estos lares, no haya quien siembre... y si nadie siembra no habrá comida. Todas las frutas y carnes de los colmados vienen de la tierra; y el hombre se aleja cada vez más de ella. Ya casi no hay fincas. Cada vez son menos los árboles que dan frutos... no hay tantas hortalizas y algún día solo serán parte de la historia... tanto como las que les cuento de trenes, indios y casas encantadas que ya no existen.

Estoy triste mis queridos nietos... muy triste. He pensado mucho en esto, pero en realidad no quiero que la pasen mal en la finca. Les prometo que mañana me levantaré feliz y no les hablaré más del tema. Vamos, volvamos a la casa, que el olor de la comida de la abuela cada vez está más cerca.

Pecas, Sandra, Kevin y el pequeño Ian seguían al abuelo un tanto cabizbajos, pensando en lo que habían escuchado. ¡Vamos! (decía

SUPER
MERCA

el abuelo). Ya, ya no me hagan caso, son cosas de viejo... ya se me pasará. Pero Kevin y Pecas sabían que el viejo agricultor hablaba en serio... Xavier también sabía que el abuelo hablaba en serio.

¡Vengan niños! ¡La cena está lista! ¡Traíganse al abuelo, que si es por él, se queda a dormir con la vaca y el caballo Paco! Dijo la abuela.

¡Mmmm!

Debemos dar gracias a Dios por los alimentos, dijo la abuela.Y por supuesto, dar gracias a la tierra para que siempre nos dé frutos... y que haya gente buena que la trabaje. Amén.

Luego de la cena y unas cuantas historias, todo el mundo se fue a la cama. Había que levantarse temprano. Solo estaríamos aquí dos semanas y no podíamos perder tiempo. Kevin y Xavier hablaron con Sandra y con Pecas, no podían quedarse dormidos... les preocupaba la finca, pero por supuesto, más les preocupaba su querido abuelo Coky.

Tan pronto amaneció, el abuelo estaba feliz de nuevo. Hoy no quería tocar el tema de ayer, pero sus nietos sí querían hacerlo.

Pecas _____ Oye abuelo, ya estamos grandecitos... yo tengo 12 años, Sandra tiene 11, Xavier tiene 12, Kevin tiene 8 y el pequeño Ian tiene 3, pero nos damos cuenta de las cosas... ¡Así que vamos a hablar!

Nos gustaría aprender a cultivar y a querer la tierra como tú lo haces. Tiene que haber miles de niños como nosotros que piensan que la comida nace en los supermercados... pero es que ni sus padres, abuelos, ni sus maestros les han enseñado la bonita realidad de la agricultura.

¡Queremos aprender!

Abuelo... olvídate por ahora de las historias y cuentos. Ya habrá tiempo para eso. Háblanos de la tierra.

¿Qué se cosecha en Puerto Rico?... ¿Cómo se siembra?... ¿Qué es un agricultor?... ¿Qué es una semilla?... ¿Cómo nace?

El abuelo no podía creerlo.
¡Rayos! ¡Ahora si que estoy feliz!

Les diré todo lo que sé. Y ustedes cuando aprendan vayan y enséñenle a otros niños. De esta forma estoy seguro de que cuando yo no esté por todo esto, no faltará comida para nuestra gente.

SIN AGRICULTURA NO HAY COMIDA.

¡Que vivan mis nietos!

¡Comencemos la clase!

Para hacerlo más interesante y que no se nos olvide usaremos el

ABECEDARIO.

Verán que para cada letra del mismo hay una fruta, hortaliza, herramienta, maquinaria, productos y otras cosas relacionadas con la agricultura.

Pero antes... veamos las reglas generales que aplican a casi todos los cultivos:

1. Las plantas que producen alimentos se pueden sembrar en tierra o en agua.

2. Es muy importante que reciban por lo menos cinco horas de sol al día.

3. Las semillas germinan (comienzan a crecer), cuando tienen calor y humedad.

4. Todas las semillas se siembran superficialmente.

5. El terreno debe ser suelto o poroso.

6. Algunas veces las plantas son atacadas por plagas y enfermedades y debemos saber cómo combatirlas.

7. Las plantas necesitan abonos o fertilizantes para crecer fuertes y saludables.

8. Algunas plantas demoran más que otras en producir frutos, y no todas producen en la misma época del año. Ejemplo: los mangoes comienzan a cosecharse en mayo y los aguacates en septiembre.

9. Es importante hacer semilleros. Éstos pueden ser una bandeja, una caja, unos tiestitos o cualquier lugar donde pongamos a germinar la semilla antes de llevarlas al terreno.

CONSEJOS DEL ABUELO

Es muy importante tener cuidado con las herramientas que usamos para trabajar en la tierra. Picos, palas, machetes, azadas, rastrillos y otras tantas que necesitamos para poder producir alimentos.

Debemos también protegernos del sol y de las hormigas y muchos insectos que habitan en el terreno. Algunos de ellos pican y su picada puede ser peligrosa. Cuando yo no esté, díganle a su papá o a su maestro que les enseñe cómo identificar a estas plaguitas.

Recuerden que trabajando al sol se suda mucho, deberían tomar agua a menudo para mantenerse bien hidratados. Como es la primera vez que van a trabajar en la tierra hoy los perdono, pero la próxima vez quiero que vengan con ropa adecuada para trabajar. Unos buenos mahones (o no tan buenos, porque los van a llenar de tierra), botas o zapatos de trabajar, un buen sombrero y un buen par de guantes para el que los quiera usar.

¡Ya está bueno! Ahora sí que comenzamos. Y si ven que doy muchos sermones no me hagan caso, pero si la abuela les da sermones, a ella es mejor que le hagan caso.

REGLAS GENERALES

Toda la comida del mundo sale de las plantas, los peces y algunos animales de la finca. Voy a hablarles de la agricultura, que es la ciencia de producir alimentos. La persona que trabaja la tierra se llama agricultor. También hay unos profesionales que se llaman agrónomos, éstas son las personas que deciden ir a una universidad a estudiar todo lo relacionado con las Ciencias Agrícolas. Ahí aprenden de suelos, de animales, de plantas y de como cultivar y cosechar de todo lo que la tierra puede dar.

Como les voy a enseñar a trabajar en la agricultura, quiero decirles que hay unas reglas básicas para que tengan éxito.

Por ejemplo, ya saben que las plantas se propagan o reproducen a partir de una semilla, pero también hay algunas que podemos propagarlas cortándoles un pedacito y sembrándolo en la tierra. Las plantas necesitan agua, sol y fertilizantes (ya les hablaré de estos). También necesitan insecticidas, fungicidas y otros productos químicos y orgánicos para combatir las plagas y enfermedades que les dan al huerto. Porque las plantas, al igual que los seres humanos y los animales también se enferman.

También van a aprender que las plantas se siembran

en agua o en tierra. Cuando vamos a regar las plantas debemos hacerlo al terreno o medio de cultivo, nunca sobre la planta, porque si regamos por encima de la planta, el agua puede tumbarle las flores o el polen a éstas y si no hay flores, ni polen no hay frutos.

Las flores de las plantas pueden ser hembras o machos. La flor macho es la que tiene el polen para depositarlo sobre la flor hembra. De esta manera esa flor se convierte en un fruto. También hay flores tan perfectas, que tienen el polen y la flor hembra juntitas y se poliniza solita. Sé que ustedes saben que los insectos, los pajaritos, el hombre y el viento son lo que se llama... ¡agentes polinizantes!... porque de alguna manera llevan el polen desde la flor macho hasta la flor hembra.

Por ahora eso es todo. Tengan mucho cuidado que no se lastimen trabajando y prepárense para seguir aprendiendo nuevas cosas sobre la marcha.

¡Jummmm! ¡A mí se me están olvidando las cosas! Por poco no les digo algo importante sobre la propagación de las plantas... Las semillitas para propagar las plantas podemos obtenerlas de dos formas:

Cuando te comas una fruta o un vegetal, guarda sus semillitas. Algunas son grandes, otras son pequeñitas. Las semillas se deben dejar secar. Puedes guardarlas en una bolsita plástica o envueltas en papel de aluminio.

También las puedes poner en la nevera donde se guardan las frutas y vegetales. Si las semillitas se mantienen a oscuras y sin calor ni humedad, no germinarán. Pero si quieres que germinen, has lo contrario.

Otra forma de conseguir las semillas es comprándolas en los supermercados, tiendas agrícolas y jardinerías. Vienen en unas pequeñas bolsitas de papel. En cada bolsita aparece una ilustración de la planta que vas a cultivar si siembras esas semillitas.

También puedes comprar las plantitas ya crecidas en pequeños tiestos y así puedes hacer tu huerto más rápido.

Las semillas se germinan en un semillero. El semillero es fácil de hacer. Hasta un vasito es un buen semillero. Lo llenas de tierra buena y pones las semillitas en la parte de arriba. Lo pones al sol y le echas agua todos los días.

Cuando las plantitas hayan crecido de 5 a 6 pulgadas, las pasas al huerto o aun tiesto más grande. También el semillero puede ser una caja o hasta un cartón de huevos. ¡Qué cosa más loca!

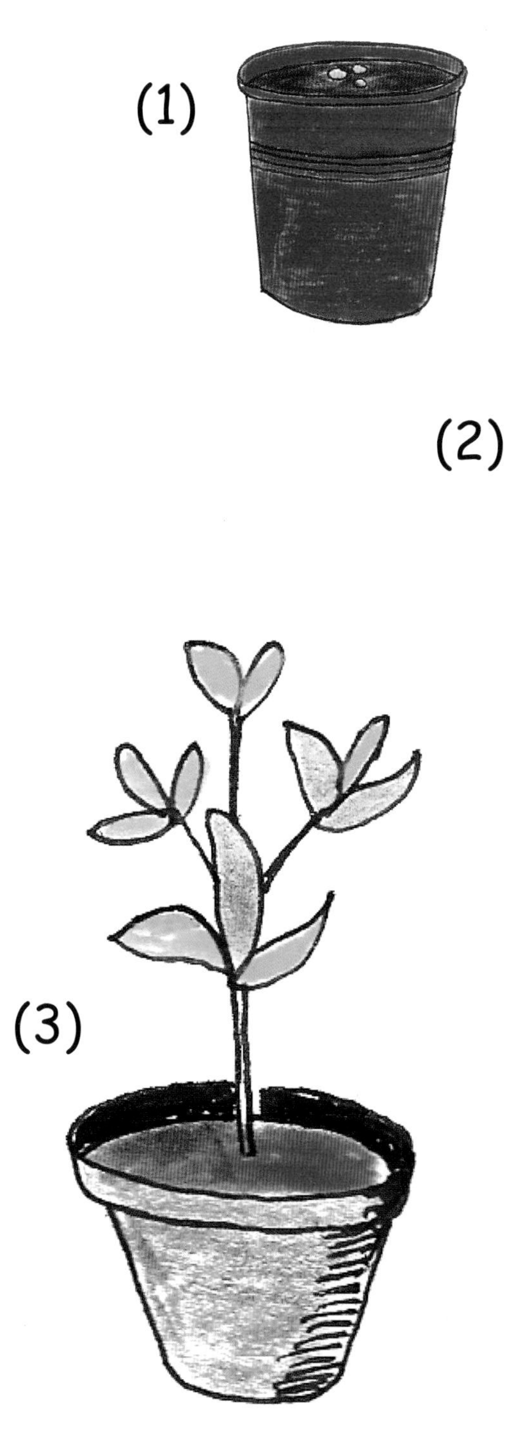

1. Semillero en vaso

2. Cuando crece 5 a 6 pulgadas, la pasas a un tiesto más grande o al huerto.

3. Planta ya crecida (se consigue en los centros agrícolas o jardinerías.

¡Ves!... puedes hacer un semillero en una caja de madera o de cartón...

... ¡o hasta en un cartón de huevos!

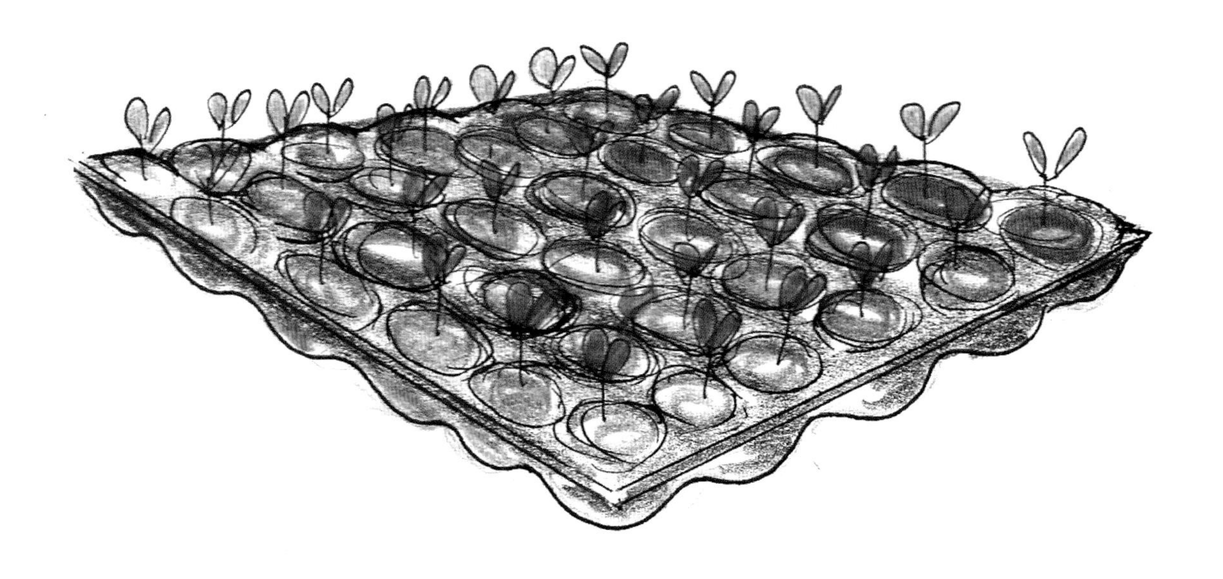

Aqui está el abuelo, ayudando al pequeño Ian a echarle agua a las plantas. Nótese como Kevin echa la semilla superficialmente en el tiesto, ella irá creciendo gracias al agua y a los fertilizantes y cuando esté grandecita ya podemos sembrarla en el huerto.

____Abuelo, ¿Con qué empezamos?

____Con lo que más me gusta en la comida...
¡El aguacate!

____Abuelo... una pregunta; ¿Quién lleva más años sobre la tierra; tu o los aguacates?

____¡Ninguno de los dos, yo creo.... que la abuela!

____¿Le pregunto a ella?

____¡Ni te atrevas!!!

Aguacate

¿A quién le gusta el aguacate?... A casi todo el mundo le gusta. El aguacate es un fruto que se da en Puerto Rico para la época de otoño. Crece en árboles que pueden alcanzar hasta 30 pies de altura. No se recomienda que los dejemos crecer tanto, pues se nos hará difícil coger los aguacates una vez estén listos.

Durante el mes de septiembre es cuando empieza la temporada de aguacate en todo su esplendor. Ya para diciembre se nos hace difícil encontrar alguno. Comienzan a florecer entre los meses de marzo y abril. Se propaga a partrir de su semilla o "pepa", la cual tiene un tamaño de aproximádamente una pulgada y media de diámetro. La semilla es muy fácil de germinar y su crecimiento temprano es también bastante rápido, pero muchas variedades de aguacates se demoran entre 5 y 6 años en dar frutos. ¡Pero vale la pena esperar! ¡Que ricos son!

Batata

La batata es una verdura muy dulce. Crece bajo la tierra y la planta que la produce es un bejuco, o sea, una planta rastrera, muy larga. Podemos propagarla sembrando un pedazo de ese bejuco, o, sembrando una batatita que ya haya empezado a echar hojitas.

Si vamos a sembrarla a partir del bejuco, tomamos un pedazo del mismo, como de 20 pulgadas de largo, le sacamos todas las hojas, excepto las de las puntas y lo acostamos en forma de U sobre el terreno. Las hojas que le dejamos van a ayudar al bejuco a echar raíces y hojas nuevas. ¿Saben por qué? ¡Claro que sí! Porque en las hojas se hace la fotosíntesis, que es un proceso mediante el cual las plantas cogen la energía del sol para convertirla en alimentos.

La batata se demora de 6 a 7 meses. Puede sembrarse en tiestos grandes, o directamente al terreno. Le encanta el terreno sueltecito (que drene bien). Debes alimentarla o abonarla con un abono

rico en nitrógeno y potasio.

¡Esperen! No quiero que se me enreden... los abonos o alimentos de las plantas tienen tres letras en la etiqueta de las bolsas en que vienen; N-P-K y esas letras vienen acompañadas con unos números. N-P-K significa Nitrógeno, Fósforo y Potasio, que son los elementos más importantes en la dieta de las plantas. Consigue un abono que tenga mucho Nitrógeno y Potasio y échale al terreno donde están las batatas cada 45 días. Siempre que abones, aplica agua, porque las raíces de las plantas absorben los abonos disueltos en agua.

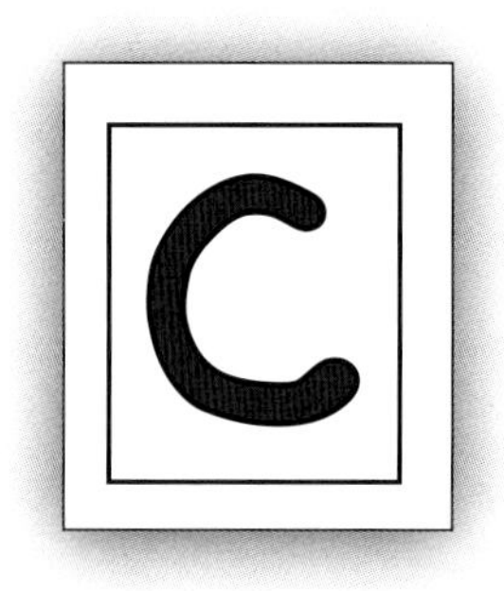

Calabaza

La calabaza proviene de una planta trepadora o enredadera. Tiene la flor masculina y femenina en la misma planta. No se poliniza sola, necesita ayuda de las abejas, del viento, de los cigarrones, de los pajaritos y de los seres humanos para polinizarse. La flor femenina es bien fácil de reconocer porque es amarilla y tiene una pequeña "calabacita" del tamaño de un limón debajo de ella. La flor macho es igualmente amarilla, pero no tiene la "calabacita" debajo.

A la calabaza le gusta el terreno suelto y de buen drenaje. Si está sembrada en terreno muy húmedo se pudre con facilidad. Se propaga a partir de las semillitas que produce. Parecen semillas de girasol. Se puede sembrar en cualquier época del año. Está lista para cosechar entre 100 y 120 días. ¿Cómo sabes que es tiempo de cosechar?...

Cuando el pezón que une la calabaza al bejuco está seco, ya está de cosechar.

Podemos abonarlas con abono para vegetales cada 45 días. Recuerda... agua después de abonar.

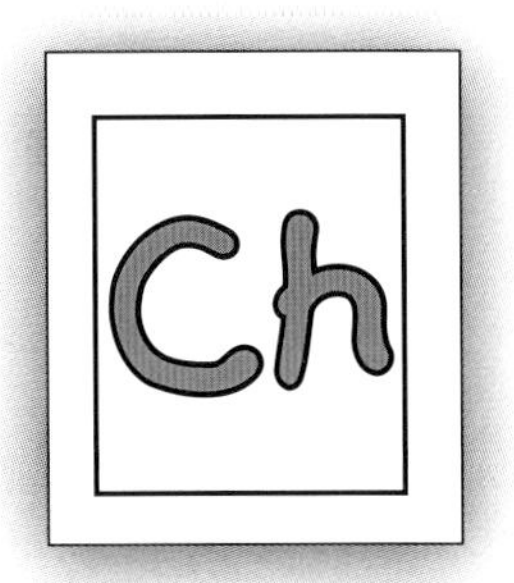

China

La china es un cítrico del mismo modo que la toronja, la mandarina y el limón. Se les llama cítricos porque producen ácido cítrico. Se da en Puerto Rico en la montaña, en terrenos arcillosos. Lares, Maricao, Las Marías, Adjuntas, Jayuya y Ciales producen muchas chinas. Crecen en un árbol mediano y se propagan a partir de sus semillas.

Hay chinas muy dulces, pero puede haberlas agrias. Un árbol de chinas demora entre 5 y 6 años en echar su primera cosecha, y algunas variedades demoran más.

La plaga más común que ataca a la china se llama FUMAGINA. Esta plaga cubre todas las hojas con un tizne negro y le hace mucho daño a la planta porque le tapa la luz del sol. Podemos utilizar insecticidas (recuerden, acompañados de un adulto) para controlar esta plaga.

En las casas agrícolas puedes conseguir abonos específicamente para el cultivo de las chinas y en la bolsita te dice cómo y cuando aplicarlo.

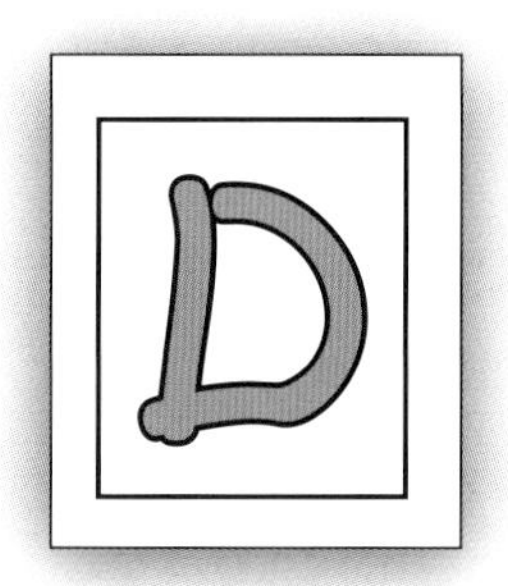

Drenaje

El drenaje es la capacidad que tiene el suelo o medio de cultivo para utilizar el agua y dejar escapar el exceso de humedad. Un suelo que drena bien es el favorito de la mayoría de las plantas del huerto. Si el terreno no tiene buen drenaje, se convierte en un fango y las plantas que están sembradas en él se pudren.

Un ejemplo de buen drenaje es la arena de río. Un ejemplo de mal drenaje es el barro colorado que a veces vemos en el campo.

El agua cae al terreno...

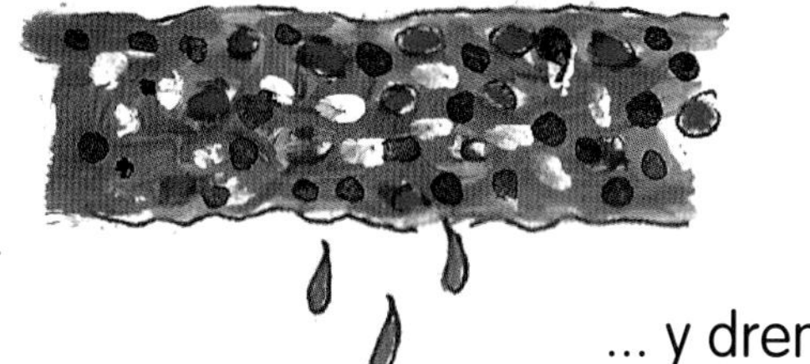

... y drena el exceso de agua

Espinaca

¡Uff!... La espinaca no es una de mis favoritas, porque a veces es un poco amarga. Es muy buena en ensaladas y hasta la trituran para hacer cremas y sopas. Con aceite, vinagre y un poquito de sal tambien la comemos. Lo que nos comemos son sus hojas, que son muy nutritivas y ricas en hierro. ¿Recuerdan a Popeye el Marino?, si no lo recuerdan, pregúntenle a sus padres quién era él. ¡Lo fuerte que se ponía cuando comía espinaca! Yo nunca me puse tan fuerte, pero de vez en cuando me comía una.

Finca

En Puerto Rico y en muchos países del mundo, la finca es el lugar donde se cultivan y se cosechan casi todos las frutas y vegetales. Ahí también se crían animales como vacas, caballos, gallinas, conejos, cerditos, cabritos y ovejas. También en las fincas podemos encontrar tractores, arados y otras herramientas que nos ayudan a trabajar en la tierra.

Hay fincas muy grandotas, y hay otras pequeñitas. Las hay con sistemas de riego muy modernos movidos por electricidad, y otras se riegan con el agua de algún río que le pase cerca o por el medio. Comoquiera, lo importante es que las plantas cojan agua.

Se acostumbra cercar la finca, o sea construir una verja sencilla para marcar los límites de ésta. El punto donde se acaba la finca y comienza la otra finca se llama colindancia. Además la cerca nos sirve para que los animales que tengamos en ella no se nos escapen.

Guineo

El guineo, precisamente, es el principal producto agrícola de mi querido pueblo de Lares. Dicho sea de paso, todos los años se celebra en esta ciudad el famoso Festival del Guineo, (a quién no haya venido, le invitamos a que venga a verlo, aprenderá mucho sobre el cultivo del guineo, y la variedad de platos que se pueden confeccionar con ellos. Además verá hermosas artesanías y música de nuestra tierra).

La mata de guineo se parece a la del plátano. Tiene unas hojas muy grandes y verdes, y el guineo sale en racimos desde la parte de arriba de la mata. Al principio son chiquitos y delgados... pero cuando engordan y crecen... ¡mmmm! ¡Que ricos son! Los puedes comer verdes cocidos, o maduros, que puedes comerlos con tan solo quitarles la cáscara.

Para sembrar una mata de guineo, debemos ir donde está la mata madre y removerle uno de los hijos que va echando por el lado. La semilla se limpia, se le corta la parte de arriba y se siembra en un hoyo dejando por lo menos 3 pulgadas por fuera de la tierra:

La planta puede crecer hasta 10 pies de altura. Se puede sembrar en cualquier época del año y a una distancia de 5 pies entre plantas y 8 pies entre hileras. Se recomienda abono 10-5-20 (recuerda; 10 nitrógeno - 5 fósforo - 20 potasio).

Una planta de guineo produce como a los 13 meses de haber sido sembrada.

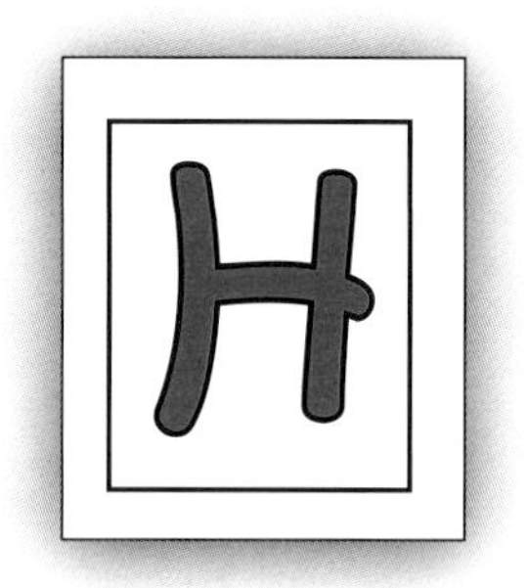

Habichuela

La semillita de habichuela espequeña. Sesiembraenun semillero y se espera que germine. Cuando decimos "que germine" queremos decir que empiece a crecer. Se debe sembrar al sol como casi todas las plantas y la semilla se debe plantar superficialmente, o sea, en la superficie del semillero, del tiesto, o del suelo.

Cuando sembramos una semillita de habichuelas podemos empezar a contar los días, cuando lleguemos a 90 ya está de cosechar. Hay habichuelas que crecen en arbustos y otras en enredaderas. A la habichuela le gusta el terreno húmedo durante toda su vida. Dale bastante sol y cuando la vayas a pasar del semillero al terreno asegúrate que tenga de 6 a 7 pulgadas de alto. Cualquier abono de vegetales y hasta el mismo 20-20-20 puedes aplicarlo a la habichuela según las instrucciones de la etiqueta.

Hidropónico

¡Siiii! También hidropónico es con H. Es una técnica para cultivar plantas que en lugar de utilizar tierra, utiliza agua, solo agua que se mueve con una bomba continuamente. A esa agua se le echan los fertilizantes.

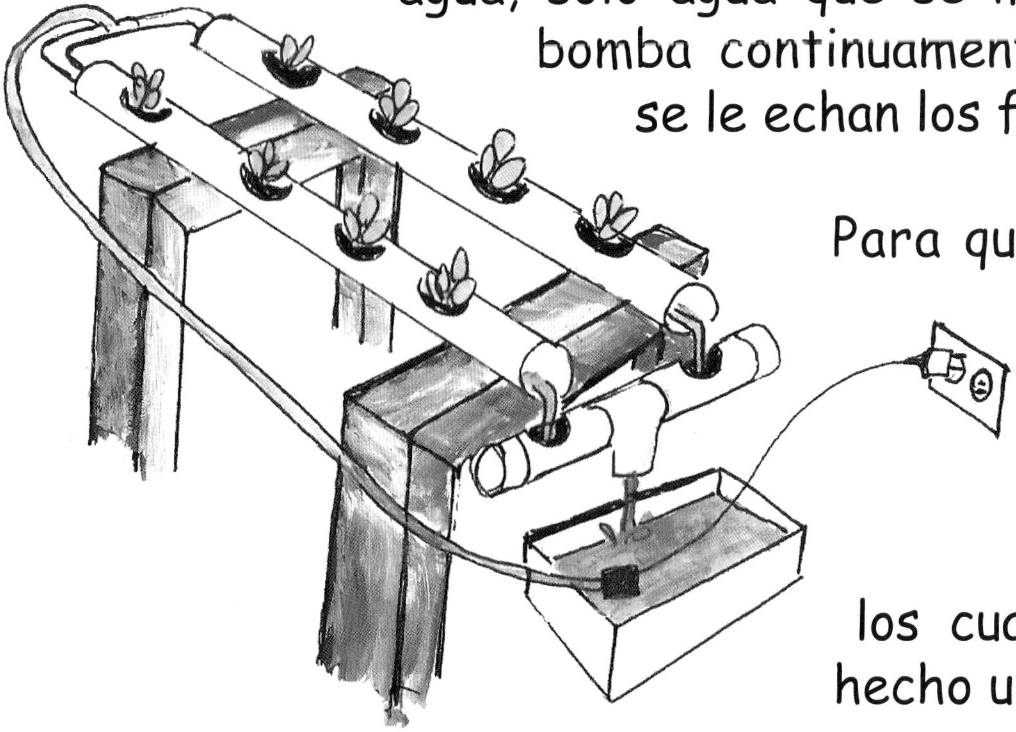

Para que tengas una idea, mira la ilustración; son unos tubos de plástico a los cuales se le han hecho unos agujeros.

En estos rotitos se colocan unos bloquecitos que se llaman oasis. En estos oasis se ponen las semillitas. Debajo de la mesa que sostiene los tubos hay un recipiente donde se echa el agua, y una bombita que trabaja con electricidad que hace recircular el agua constantemente. De esta forma cuando el agua pasa por debajo de los oasis los moja y de ahí la semillita toma su agua para poder crecer fuerte y saludable.

Injerto

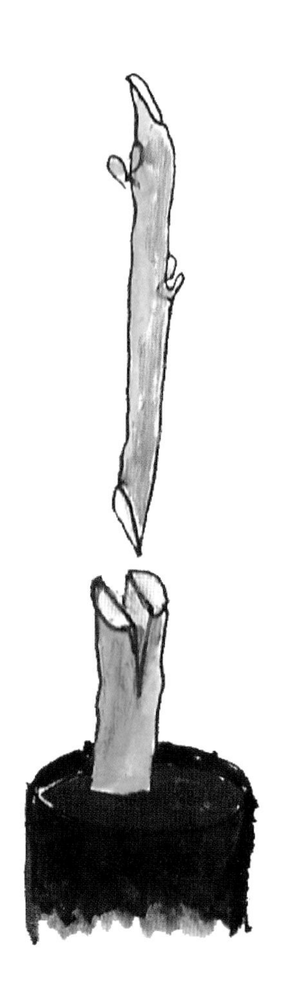

El injerto es una de muchas técnicas agrícolas que aprendemos de los agricultores sabios. Se hace cuando queremos que un árbol produzca más rápido, o cuando queremos mejorar la calidad del fruto, o hacer a estos frutos más resistentes a plagas y enfermedades. El que ves aquí se llama "injerto de cuña". La ramita que se injerta la obtenemos de un árbol adulto. La parte de abajo (que se llama patrón) puede ser de un arbolito pequeño, de los que vienen sembrados en bolsas de plástico. Se injertan solo arbolitos del mismo género entre sí. Ejemplo; cítricos con cítricos (toronjas, chinas, limones, mandarinas, calamondín, etc.), aguacate con aguacate. No se puede injertar una china con un aguacate. ¡No señor!

Si quieres saber más sobre los injertos, dile a papá que te consiga el libro Un Huerto en Casa del Agrónomo Douglas Candelario, que ahí hay un capítulo que te lo explica con mucho detalle.

Insecticidas

Con la I también tenemos el insecticida. Los insecticidas son productos que ayudan a combatir las plagas del huerto. Se deben aplicar cuidadosamente cuando sea necesario. No olviden leer las etiquetas. **RECUERDEN QUE ESTÁ TERMINANTEMENTE PROHIBIDO QUE LOS NIÑOS APLIQUEN INSECTICIDAS SIN LA SUPERVISIÓN DE UN ADULTO.**

Hay insecticidas que se conocen como sistémicos; éstos se tiran al terreno o medio de cultivo y la planta los absorbe a través de las raíces y lo lleva a las hojas y otras partes altas de las plantas y cuando el insecto pica, chupa o muerde la hoja se intoxica. Hay otros que son de contacto; tiene que tocar la plaga para que ésta se extermine.

Los insecticidas vienen en líquido, granulado, en polvo o en forma de gas.

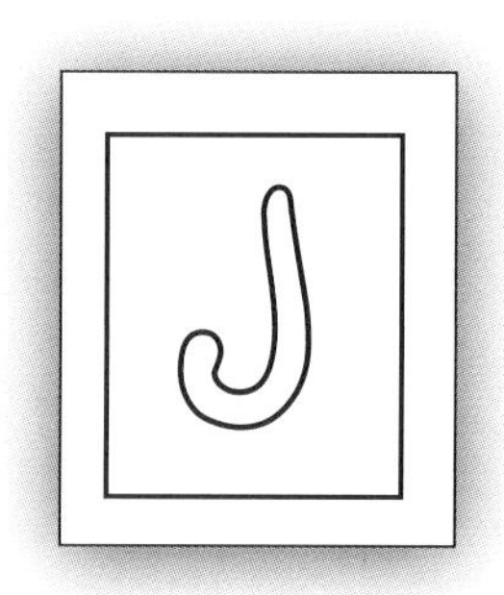

Jíbaro

Así le llaman al hombre del campo. Al más humilde y trabajador de esta tierra. Gracias a él, nunca nos ha faltado el alimento. Cuando vayas por la autopista hacia Ponce verás en Cayey, un monumento en su honor. El jíbaro es el hombre más importante de nuestra historia. Eso pienso yo que soy un jíbaro de Lares y sé lo que es trabajar la tierra.

Puerto Rico ha tenido muchos Jíbaros importantísimos que han usado este apelativo con muchísimo orgullo.

En el beisbol, EL JÍBARO OLMO, un extraordinario pelotero de las grandes ligas. En la música de nueva trova; ANDRÉS JIMÉNEZ, EL JÍBARO, natural de Orocovis. El Jibarito de Lares; ODILIO GONZÁLEZ, cantante de música popular, bohemio y cantor de la montaña; y otros tantos como CHUÍTO EL DE BAYAMÓN. JOAQUÍN MOULIERT, el Pitirre de Fajardo, ERNESTINA REYES, La Calandria. LUZ CELENIA TIRADO, La Dama de la Décima. DON LUIS MIRANDA, Pico de Oro. TOÑÍN ROMERO, MARIANO COTTO, ISIDRO FERNÁNDEZ, El Colorao de Aguas Buenas. ANTONIO CABÁN VALE, El Topo. TAVÍN PUMAREJO, Hígado de Ganso. JOSÉ MIGUEL AGRELOT, Don Cholito. ADALBERTO RODRÍGUEZ, Machuchal. RAMITO, LUISITO Y MORALITO. CHUÍTO EL DE CAYEY. PRISCILA FLORES. JUAN ANTONIO CORRETJER. Todos ellos y muchísimos puertorriqueños ilustres siempre se han sentido orgullosos de ser jíbaros de esta patria. No puede faltar el Jibarito Rafael, uno de los más ilustres compositores de América, RAFAEL HERNÁNDEZ.

= Potasio

La K es el simbolo químico del potasio. Éste es uno de los elementos mayores que componen los abonos o fertilizantes que le echamos a las plantas. El postasio es muy importante para la **floración** y **fructificación**.

A veces los vecinos y amigos del barrio se quejan de que sus plantitas no producen como las mías. Que se les caen los frutos, que echan pocos, y algunos me dicen que no tienen tan buen sabor como los míos. ¿Saben por qué? No abonan, si no abonas las plantas no reciben potasio, ni otros elementos como el calcio, el nitrógeno y el hierro que son tan necesarios para que las plantas crezcan, florezcan y den fruto. Así que ya lo saben... abonen y verán que sus frutas y vegetales serán los más lindos, los más hermosos y grandes de toda la vecindad.

Lechuga

La lechuga es muy buena y nutritiva puede sembrarse en la tierra o en hidropónico. Estan listas para comer muy rápido... como a los 45 días. Se siembra al sol. Su semillita la puedes conseguir en las famosas bolsitas que venden en los centros agrícolas y jardinerías.

Llanos

Existen diferentes topografías o formas en el terreno de la finca. Hay colinas altas, hondonadas cerca de los ríos, jaldas y terrenos inclinados levemente y también hay llanos. Los llanos son el mejor terreno para la siembra, porque es más fácil trabajar en él. Antes casi todos los surcos se hacían a mano o con un arado tirado por bueyes. Por supuesto, es más fácil arar el terreno llano que una colina empinada. En Puerto Rico desde hace varios siglos, los llanos costaneros del norte y del sur fueron y siguen siendo los mejores terrenos agrícolas.

Lamentablemente del mismo modo que son fáciles para trabajar, son fáciles para construir casas y centros comerciales. Por eso cada vez hay menos tierra. Por eso es tan importante que los niños de este país, como son ustedes se preparen para defenderlos y sembrarlos, no de cemento, ni de asfalto, porque eso no se come, sino de frutas, vegetales, farináceos y hortalizas.

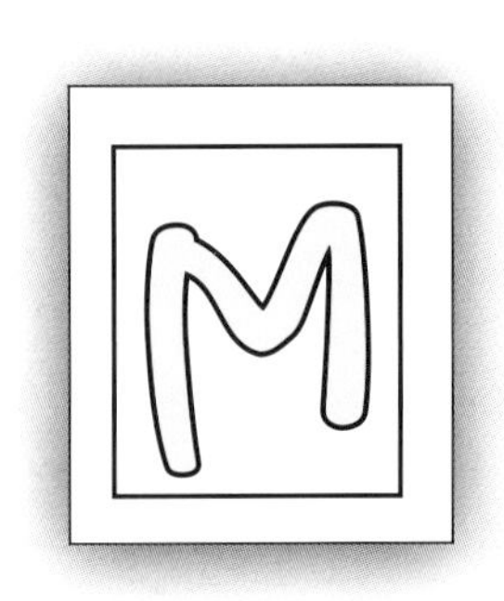

Maíz

¿Alguna vez han visto una planta de maíz? Contrario al tomate, la berenjena, el pimiento y a casi todas las plantas del huerto, las plantas de maíz se pueden sembrar juntitas. ¿Han visto una mazorca de maíz de cerca? Crece pegadita al tallo y tiene un pelusa color lila en la parte de arriba.

En la planta de maíz podemos ver la flor masculina llena de polen en su corona. El polen cae sobre la pelusa que tiene la mazorca arriba y la poliniza, de esta forma la mazorca se llena de granos de maíz.

La planta de maíz se debe abonar el mismo día que la sembramos y luego a los dos meses volvemos a abonarla.

Hay que regar abundantemente para evitar que la mazorca se seque mientras está creciendo. Cuando los pelitos de color lila se pongan marrón es indicio de que ya el maíz está listo para cosechar. Eso ocurre como a los 85 a 100 días.

Mangó

Mayagüez sabe a mangó, los chiquitos a chavo y los grandes a dos. El mangó es una deliciosa fruta tropical que se da muy bien en nuestra isla. Su florecida es abundante y fácilmente cuaja o logra muchísimos frutos por árbol. Para la época de verano, casi desde abril, comenzamos a ver muchos mangoes por todo Puerto Rico, pero es la zona oeste del país, específicamente Mayagüez, el lugar donde encontramos la mayor cantidad y variedad de esta fruta.

Es tan fácil de sembrar y que se logre, que cuando caen todos los mangoes maduros al suelo, los que no se recogen, se pudren y ahí mismo germinan y salen nuevos arbolitos. La "pepa" o semilla del mangó es del tamaño aproximado de un pequeño jabón (ya gastadito) y como todas las semillas se deben sembrar superficialmente sobre el terreno. El mangó se come como una fruta fresca, pero también como jugos, batidas y postres.

CONSEJOS DEL ABUELO

Si bien es importante aprender la agricultura, no es menos importante conocer nuestra historia alimentaria. Acaban de ver algo sobre el cultivo del maíz, y es necesario señalar que el maíz fue (si no el más), uno de los más importantes alimentos en la dieta de nuestros Taínos, junto con la yuca.

Puerto Rico tuvo una hermosa y extensa producción de caña de azúcar. Había cerca de 138 centrales azucareras en Puerto Rico. Por mencionar algunas; Cambalache en Arecibo, Mercedita en Ponce, Coloso en Aguada, Cortada en Santa Isabel, Carmen en Vega Baja, Esperanza en Manatí, Plata en San Sebastián, Roig en el Este, Catalina en Caguas, Igualdad en Añasco, Central Guánica, Aguirre... No sigo porque me pongo sentimental. Todas desaparecieron, que tiempos aquellos.

Nuestra industria del tabaco en Comerío (no fumen nunca, ni masquen tabaco). Los plátanos de Corozal, las piñas de Barceloneta, Florida y Lajas. ¡Dios mío! El café de Maricao, las chinas de Las Marías y mi pueblo de Lares. Los guineos, también de aquí, de la Ciudad del Grito. Las quenepas de Ponce... Queridos nietos, defender nuestra agricultura ahora es vital para nuestra seguridad nacional. Ustedes van a ser los héroes de esta patria. No dejen que desaparezca la agricultura, porque se nos va la vida en ello. Se los dije, que no me dejen dar sermones...

Vamos a continuar con la clase. ¡Ahhh! ¡Los tomates de Jayuya!

______ ¡Vamos abuelo!!!

Néctar

El néctar es una sustancia líquida azucarada que se encuentra en las flores. Las abejas van a buscarla para poder hacer su miel. Cuando la abeja se para sobre la flor se lleva el polen pegado a sus patitas y lo lleva de la flor masculina a la flor femenina. Ahí comienza el proceso de polinización. Gracias a esto hay flores y comida en el mundo.

Las personas que trabajan con las abejas se les llama apicultores. Estos hombres y mujeres se entrenan y aprenden a trabajar y a organizar la producción de miel. Los apicultores juegan un papel muy importante en la agricultura mundial. Además son muy valientes y como parte de su trabajo aunque se protegen muy bien, reciben de vez en cuando una que otra picada. Dicen ellos que si no se les molesta, las abejas no atacan. Yo prefiero mantenerme lejos de ellas. Decía el gran físico Albert Einstein; (casi tan sabio como este abuelo... ejem... ejem...) que cuando desapareciera la última abeja, a la humanidad le quedarán tres años de vida. Así mis queridos nietos, no destruyan los panales de abejas cuando los vean, ni permitan que los adultos lo hagan, consulten a un apicultor, ellos sabrán qué hacer y agradecerán su llamada.

Ñame

El ñame es uno de los frutos más difíciles de cosechar. Es una de las verduras más ricas que hay en nuestra dieta. ¡Mmmmmm! unos chicharrones de pollo o carne frita con ñame... ya me dio hambre... ¿Qué estará cocinando la abuela? Se puede sembrar en cualquier terreno cuya profundidad sobrepase las 10 pulgadas.

Su planta es un largo bejuco que se enreda por las verjas y los árboles. Se recomienda que se siembre a pleno sol, aunque muchos de ellos crecen en lugares sombreados en el monte.

La semilla se obtiene de la parte de arriba del propio ñame. Cuando tengas un ñame en tus manos puedes cortar la parte de arriba donde estaba pegado el bejuco, y lo siembras de ladito en el terreno o en un evase grande. Si lo deseas puedes sembrarlo en una paila vacía, ahí cosecharás un pequeño ñame, pero si deseas cosechar un ñame grande, las pailas de 25 galones son geniales para eso. Si tienes poco espacio pon una estaca de madera al lado de donde pusiste la semilla para que el bejuco se enrede por ella.

Debes abonarlo cada 3 meses con 12-5-15. Recuerda lo que te dije, esos números corresponden a la cantidad de nitrógeno, fósforo y potasio (N-P-K). Podrás comenzar a cosechar a los 8 o 10 meses de haber sembrado.

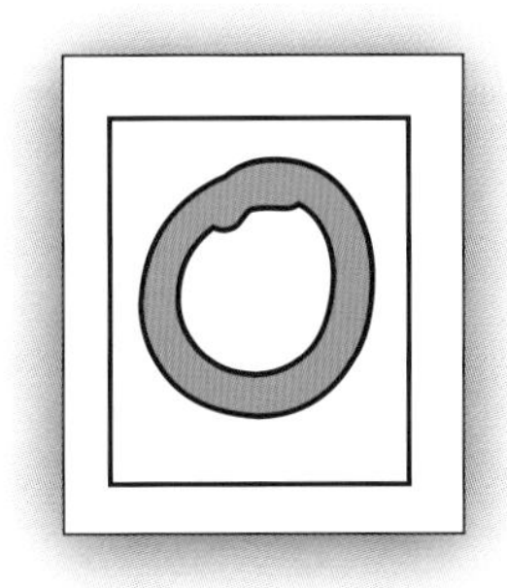

Orégano

El orégano es una planta que catalogamos como aromática o especia. Es el tipo de planta como hay muchas que se usan para aderezar o darle buen sabor a las comidas, del mismo modo que el Romero, Cilantrillo, Recao, Albahaca, Ajíes, Menta, Pimienta, Mostaza, Laurel, etc... sino, pregúntenle a la abuela, que esa sí que sabe sobre todas las plantas que se usan para hacer comidas ricas.

El orégano se cosecha halando las ramitas de abajo hacia arriba con el dedo pulgar apretadito contra ella.

Notarás que cuando terminas de halar o pelar la ramita todas las hojitas se quedan en la palma de tu mano.

Si quieres sembrar orégano, puedes conseguir las semillas en pequeñas bolsas en los centros de jardinería y casas agrícolas.

Plátano

Los plátanos se cultivan en la región montañosa del país, pero últimamente hemos visto muchas siembras de plátanos en las costas. Los plátanos se siembran a partir de unos hijos o pequeñas plantitas que echa la planta por los lados. Es más o menos lo mismo que la planta de guineo. La semilla se consigue en las casas agrícolas, o en fincas de plátanos donde los agricultores tienen más de las que necesitan y las venden.

Del mismo modo que el guineo, la semilla del plátano hay que mondarla o sacarle todas las raíces y la tierra y sembrarla en un hoyo de aproximadamente 8 o 9 pulgadas de profundidad dejando un par de pulgadas de la parte de arriba expuesta sobre el terreno. Mira las ilustraciones en la página 46.

Donde hay altas temperaturas el plátano está más rápido que en los lugares fríos. Por ejemplo; una mata de plátano en Aibonito se tarda más que una mata en Salinas. Si vas a sembrar varias plantas deja una distancia de por lo menos 8 pies entre planta y planta.

Quimbombó

El Quimbombó proviene de África. De ahí su nombre ¡QUIMBOMBANTE! Suena a tambores, a bomba y a plena. El quimbombó aguanta mucho sol y también aguanta sequía, por si acaso un día se te olvida echarle agua.

Demora de 60 a 70 días para producir frutos. Se debe sembrar a un pie entre plantas. Se puede comer en ensaladas y hervidos. Una vez empieza a echar quimbombós, puedes cosechar cada 3 o 4 días.

Recao

¿Me pueden creer que el recao es familia de las zanahorias y del cilantrillo? De todas las hortalizas ésta es una de las que menos sol requiere. Las hojas del recao en semi-sombra crecen más anchas.

Lo puedes sembrar en tiesto y en cualquier jardinera. Le gusta, como a casi todas las plantas, tener un buen drenaje en el terreno y tiene un olor fuerte y penetrante. Debes sembrar las plantas separadas a 5 pulgadas una de la otra. El recao produce una espiga en el centro que crece derechita hacia arriba y sobre ella crecen sus semillas. Ten cuidado que hincan.

Sol

Más del 99% de las plantas necesitan el sol para vivir. El huerto necesita por lo menos 5 horas de sol.
Sin el sol la vida como la conocemos en la tierra no sería posible. Gracias a la luz del sol se inicia el proceso de

fotosíntesis, que ya se los expliqué al comienzo de la clase.

Según de beneficioso es, así puede ser de peligroso, no solo para las plantas, sino también para los que trabajamos con las plantas. Con un sol caliente, las temperaturas por supuesto van a ser más altas. Si nosotros nos descuidamos y nos exponemos al sol sin protegernos ni tomar agua, corremos el riesgo de quemar nuestra piel y deshidratarnos. De ahí la importancia de mantener regadas las plantas, porque sin agua se queman y se mueren.

Así que ya lo saben, cuidado con coger demasiado sol y si lo hacen tomen mucha agua y pónganse bloqueador solar... y a las plantitas mucha agua.

Tomate

El tomate es uno de los cultivos más rápidos y fáciles de lograr en el huerto. Se siembran a apartir de sus semillitas, que las puedes obtener de un tomate maduro que te hayas comido o conseguirlas en las famosas bolsitas en las casas agrícolas. Desde que sembramos la semilla hasta que cosechamos, más o menos esperamos de 80 a 90 días.

El tomate produce unas flores de color amarillo y se poliniza solito porque tiene una flor perfecta. Le gusta comer mucho. Usen un abono conocido como Osmocote, que es el abono de las bolitas 14-14-14 al momento de hacer la mezcla del terreno. Si tuvieras una planta de tomate sembrada en una paila de 5 galones (esos cubos grandes donde viene la pintura) usa como 5 onzas mezcladas con la tierra y también puedes usar 20-20-20 que es un abono más suave. Éste lo aplicas cada semana diluyendo una onza en un galón de agua.

Separa las plantitas de tomate a 30 pulgadas una de la otra para que crezcan bien fuertes y llenas de hojas. La mosquita blanca y otros insectos que atacan el tomate se combate con insecticidas, ya te he hablado de ellos. Si te atacan las plaguitas en el huerto, rápido habla con tu papá o un adulto si yo no estoy y consigan el insecticida adecuado. LEAN LAS ETIQUETAS, NO SE CONFÍEN.

Umbráculo

Se le llama umbráculo al lugar que usamos para germinar semillas y crecer las plántulas. Esto es lo que la gente normalmente conoce como viveros, pero realmente se llama umbráculo. Puede estar construido en tubos de aluminio y forrado con sarán. Cuando se forra con este material se hace con el propósito de proteger las nuevas plantitas del sol excesivo. También se puede forrar el umbráculo con plástico transparente, pero esto es si tenemos bajo él plantas florecedoras que queremos que cojan sol, pero que no les caiga la lluvia.

El umbráculo se hace del tamaño que sea necesario y adentro podemos encontrar bancos de propagación levantados o sobre tierra. El umbráculo puede tener un sistema de riego automático para hidratar las plantas, o regarlas manualmente con algo tan sencillo como una manguera conectada a una toma de agua.

Una vez las plantitas están listas pasan a tiestos de mayor tamaño o al huerto de nuestra casa.

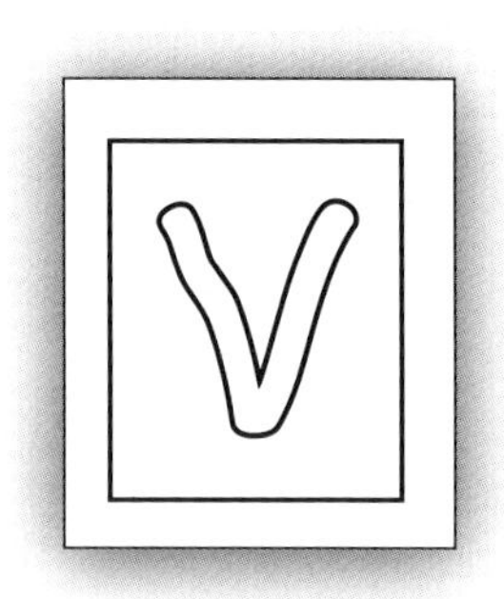

Vaca

La vaca nos da leche fresca, mantequilla y ricos quesos. Al norte de Puerto Rico se encuentra el pueblo de Hatillo, famoso por su industria lechera. Aunque ellos dicen que no, yo creo que en Hatillo hay más vacas que personas.

Las vacas y su producción de leche es el renglón agrícola más importante del país. En muchas pequeñas fincas del país hay agricultores que tienen una o dos vacas en su casa con el propósito de producir su propia leche. Para sacarle la leche a la vaca hay que ordeñarla. Si tienes una sola puedes hacerlo manualmente, pero cuando son cientos como en las vaquerías se necesita un sistema automatizado para hacer el proceso rápido y limpio.

En las vaquerías se recolecta la leche en grandes tanques de acero y se lleva a las plantas procesadoras donde se envasa para que llegue a los supermercados y tiendas del vecindario. El proceso que pasa para que se obtenga una leche de calidad es uno muy riguroso y Puerto Rico se ha distinguido por producir la leche más limpia y más pura del mundo.

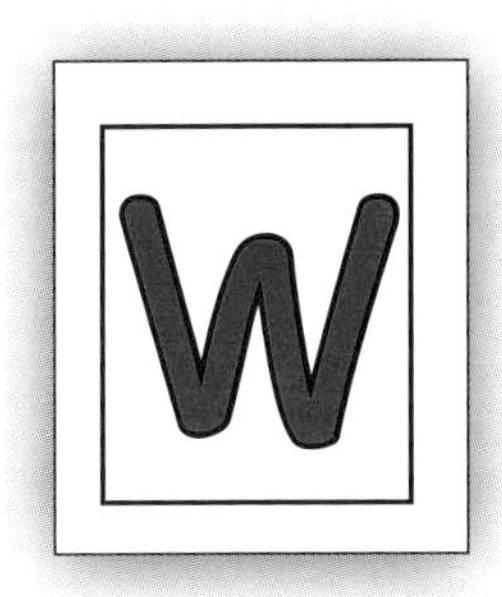

¡Wepaa!

_____Abuelo, ¿qué es eso de "wepa"? ¿Qué fruta es esa?
_____ Mi querido nieto, "wepa" es una expresión de alegría. Nosotros los puertorriqueños decimos "wepa" cuando estamos celebrando algo.
_____ ¡Ay abuelo!... a mi me está que no sabías nada con la W y te inventaste eso.
_____ ¡Shhhhh! Tú tienes razón... guárdame el secreto... ¿trato hecho?
_____ Claro abuelo. ¿Tú sabes quién es el que se va a montar en el tractor primero que nadie?
_____ ¡"Wepaaa"!!! ¡Que rápido aprendes!

Xavier

Xavier es mi querido nieto, que como muchos queridos nietos de muchos adorables abuelos es nuestra esperanza para que se continúe trabajando en la agricultura de nuestro país y de todos los países del mundo.

Xavier y muchos como él, solo están esperando que nosotros los adultos les demos una oportunidad. Como él hay muchos niños y niñas que serían excelentes agrónomos y agricultores, solo necesitan que les dediquemos un poco de tiempo.

Les dije que no iba a sermonear, pero créanme, se nos acaba el tiempo. ¿Para cuándo lo vamos a dejar? Por favor a todos esos abuelos que como yo vivimos orgullosos de nuestros nietos les hago un llamado; llámese Javier, Pedro, Luis, Adanelis, David, como sea, démosle la oportunidad que tuvimos nosotros los agricultores. Déjenlos que vean germinar las semillas, que vean nacer un becerro, que vean brotar del terreno las batatas, los ñames, las calabazas, estoy seguro que les va a interesar y si el interés por la agricultura no está en ellos, es tu responsabilidad inculcarlo.

Yuca

La yuca fue el alimento principal junto al maíz en la dieta de nuestros indios Taínos. Los indios más fuertes de todo el Caribe. Proviene de la América Tropical y le gusta crecer en suelos sueltecitos o arenosos, aunque también se da en suelos pesados y fangosos, pero no soporta que se inunden.

La puedes sembrar en una paila, en un barril, en cualquier envase grande. La forma de propagarla es cortando un pedazo de sus ramas. Este pedazo se conoce como cangre, o cangre-yuca. El cangre, o pedazo de tallo, se introduce en el terreno levemente inclinado (mira cómo se ve en la ilustración el cangre inclinado).

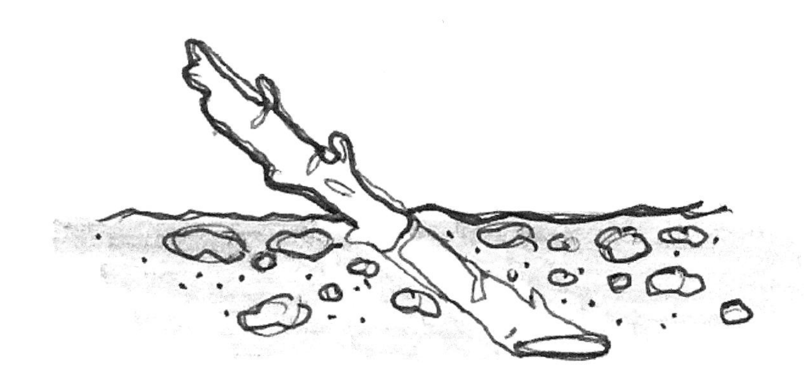

La mata de yuca puede crecer como 7 a 8 pies y se recomienda que se abone a los 30 o 40 días después de haber sembrado el cangre. Se demora de 8 a 10 meses en cosechar.

La yuca se come hervida, en escabeche, en crema, y hasta sustituye el plátano en los ricos mofongos... (¿Qué no sabes lo que es un mofongo? Ahora sí! Arranca y pregúntale a tu papá, no sabes lo que te estás perdiendo!).

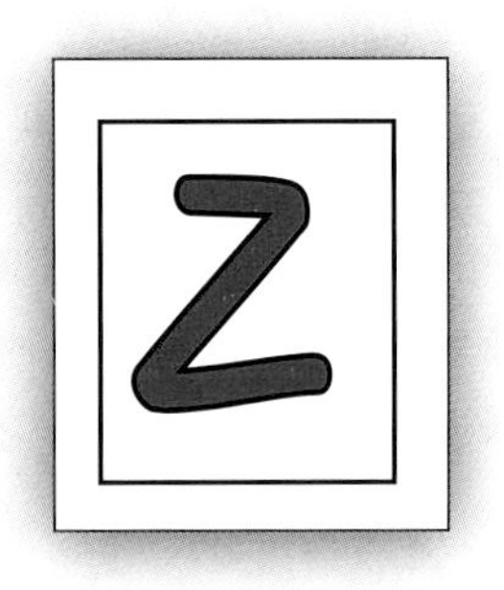

Zanahoria

La zanahoria es una hortaliza que tiene mucha vitamina A. Se puede sembrar en cualquier clima, pero prefiere temperaturas bajas. Le gustan los suelos sueltecitos y profundos. Como son en realidad una raíces que se comen, prefiere el suelo suelto porque así penetra más y hace un fruto de más calidad.

Las puedes sembrar a 3 pulgadas una de la otra. Ya sabes que las semillitas las consigues en las famosas bolsas que te he mencionado.

Podemos abonarlas con abono foliar todas las semanas. Es recomendable también que al momento de su siembra se le apliquen como 3 onzas de 14-14-14 por cada plantita. Hay unas plaguitas que las atacan en el suelo, pero con cualquier insecticida bien utilizado podemos combatirlas. Pregunten por los insecticidas orgánicos como el Garden Safe® para todas las plaguitas del huerto.

¡Se acabó la clase!

Abuelo _____Se acabó el verano. Es hora de volver a casa.

Sandra _____ ¡Ahhhh! ¿Cómo que se acabó la clase?

Kevin _____ ¿Qué pasó abuelo? Todavía tienes que enseñarnos un montón de cosas más.

Abuelo _____ Lo sé, apenas estamos comenzando, pero ya el lunes tienen que volver a la escuela... que falta me van a hacer.

Pecas _____ Éste es el verano más interesante y divertido que he tenido en mi vida. Ya tu verás abuelo, te voy a sorprender. Voy a sembrar en casa, en tiestos; zanahorias, tomates, espinacas... ¡no...no...no... espinacas no! ¡no me gustan! Sembraré también batatas y calabazas y tan pronto esté cosechando te voy a enviar las fotos.

Xavier_____ ¡Yo te voy a ganar! Deja que veas las lechugas que voy a sembrar, las yucas y los plátanos para hacer mofongo y tostones... ¡Mmmmm!

Abuelo_____ ¿Y el pequeño Ian, qué tiene que decir?

Ian_____ Yo voy a sembrar cabalaza, tía, zahoria, y una vacaaa

Todos____¡Jajajajajajajajajajajajajajajajajaa!!!

¡Colorín colorado... este cuento se ha acabado!

¡Vayan con Dios!
Nos vemos el próximo verano.

¡Desde la A hasta la Z! ¿Qué les pareció?

Yo he vivido mucho... y lo que me falta. Tal vez he vivido tanto porque siempre he trabajado, y trabajado de verdad en la finca. Éste ha sido el verano más maravilloso que me ha tocado vivir desde que tengo nietos. Por fin estos muchachos han entendido por qué su abuelo vive tan enamorado de su tierra.

Si ustedes supieran lo que he disfrutado viendo la cara de estos niños cuando se ordeña la vaca, cuando cosechamos un tomate y cuando tumbamos las chinas. Sí ha sido una experiencia maravillosa para mí, imagino lo que ha significado para ellos.

Estamos equivocados cuando decimos que a nuestros niños no le interesa la tierra... bien equivocados. Realmente pienso que a quién no le interesa es a los adultos. Recordemos que nuestros niños aprenden por imitación. Corren bicicleta porque te vieron correr una, vuelan chiringas porque tú lo hiciste antes. Si te hubieran visto cultivar la tierra, ellos te hubieran imitado porque lo más que anhela un niño es ser como su padre. Yo quise ser como mi padre que era agricultor, y soy agricultor.

Solo me resta decirle a todos los padres, abuelos, tíos, tías, abuelas, madres y maestros responsables que estoy muy agradecido por la ayuda que me están dando al mostrarle este trabajo a sus hijos y estudiantes. Continúen adelante y conviertan a esos muchachos en hombres y mujeres de bien para beneficio y orgullo de esta hermosa patria que se llama Puerto Rico.

Abuelo Coky
junio 2013
Lares, Puerto Rico

Quiero dedicar este proyecto a todos los amigos que han estado gran parte de su vida enseñando y entreteniendo a todos los niños de Puerto Rico. Algunos ya no están con nosotros, pero han sido y serán tan importantes como los que todavía nos acompañan. Al recordado Pacheco, Tío Nobel, Titi Chagua. A Chícola, Remi, Sandra Zaiter, Dagmarita y sus amigos, Chevy, el Trotamundos, Atención Atención, todos los payasos conocidos y por conocer, a los artistas anónimos que en cada rincón de Puerto Rico entretienen y educan a un niño y a todos los abuelos de Puerto Rico y del mundo.

douglas candelario nazario

PROGRAMA DE SIEMBRA Y COSECHA

NOMBRE DEL AGRICULTOR			
VARIEDAD DE CULTIVO			
FECHA DE SIEMBRA			
FIRMA DEL AGRICULTOR			
CUANDO SE ABONÓ			
APLICACIÓN DE INSECTICIDA			
FECHA DE FLORECIDA Y OBSERVACIONES			
FECHA Y PESO DE LA COSECHA... Y OTROS DATOS			

PROGRAMA DE SIEMBRA Y COSECHA

NOMBRE DEL AGRICULTOR			
VARIEDAD DE CULTIVO			
FECHA DE SIEMBRA			
FIRMA DEL AGRICULTOR			
CUANDO SE ABONÓ			
APLICACIÓN DE INSECTICIDA			
FECHA DE FLORECIDA Y OBSERVACIONES			
FECHA Y PESO DE LA COSECHA... Y OTROS DATOS			